Meurtre dans les marées

Un mystère Little Firling – Livre 8

Par Belinda Chavremootoo

Dédicace

Pour chaque chat qui a déjà résolu un mystère tranquillement avant que les humains ne le fassent. Et surtout pour une.

Droit d'auteur du texte

Bientôt disponible : Meurtre dans les heures calmes

Un petit mystère – Livre neuf

Dans le village de Little Firling, le calme est un réconfort. Un rythme. Un mode de vie.

Mais lorsqu'une série de décès paisibles à l'hôpital commence à résonner avec malaise, la professeure à la retraite Annabel Lennox Deighton commence à se demander si le silence n'est pas devenu un masque... pour meurtre.

Au fur et à mesure que des murmures émergent, des noms que l'on croyait oubliés se font de même, y compris quelqu'un qu'Evie aimait et qu'elle avait perdu. Cette fois, le mystère ne porte pas sur ce qui a été pris. Il s'agit de ce qui n'a jamais été remis en question.

Parce que le tueur le plus dangereux ne se cache peut-être pas dans l'ombre, mais à la vue de tous.

Et la chose la plus terrifiante de toutes ?

Personne n'a pensé à regarder.

Table des matières

Prologue

Le passé

Elle ne voulait pas y aller.

Elle se tenait au bord de la piscine, les chaussures toujours enfilées, les bras croisés sur sa poitrine. La villa était trop calme. Trop propre. Ce n'était pas comme une réunion, c'était comme un piège habillé de coussins blancs et de murs de verre.

Elle avait pris une photo. Vite. Tranquillement.

Juste au cas où.

Si je ne reviens pas...

Elle n'a pas terminé le message. Elle n'en a pas eu l'occasion.

La dernière chose qu'elle a entendue
était l'eau.

Et puis plus rien du tout.

Chapitre 1

Les roses avaient fleuri trop tôt. Les delphiniums étaient déjà affaissés. Même les dahlias semblaient épuisés.

Annabel ne pouvait pas leur en vouloir.

La chaleur s'était installée sur Little Firling comme un chat endormi – lourd, peu intéressé à bouger et totalement indifférent à l'idée de la productivité. Personne dans le pub du Lièvre et le limier ne parlait de grand-chose d'autre, sauf de la façon dont la météo avait effectivement mis fin à la saison de jardinage trois semaines trop tôt.

« Vous ne pouvez même pas jardiner dans cette chaleur , » a déclaré Gillian à la table voisine, s'éventant avec un menu plastifié.

« Juste arroser et regarder le soleil comme s'il vous avait personnellement offensé. »

« J'étais debout à six heures, ajouta Marjorie, « essayant de combattre la chaleur. J'ai abandonné au bout de vingt minutes. Les carottes avaient l'air d'avoir fait grève. »

Des rires se sont répandus dans le pub. Bernard, appuyé contre le bar avec un glaçon fondant sur le cou, a déclaré : « Si cela continue, je commencerai à servir de la soupe froide et j'appellerai cela une nouvelle tendance. »

✳✳✳

Annabel remua sa limonade avec une résignation théâtrale.

Evie était assise en face d'elle, pieds nus dans des sandales et rayonnant de satisfaction, les orteils recroquevillés sous la table comme un renard suffisant.

« Il fait trop chaud pour être sérieuses, » a déclaré Evie. « C'est pourquoi j'ai fait une réservation qui n'est pas du tout sérieuse pour nous. »

Annabel plissa les yeux. « S'agit-il de cocktails à base de fruits douteux ? »

« Non, mais maintenant j'aimerais que ce soit le cas. Excursion en bateau. »

« Pardon ? »

« Little Firling en a une maintenant, » dit Evie gaiement. « Ça commence juste en bas sur le vieux quai de l'usine. Il ne nécessite même pas un orteil dans la mer, à moins que tu ne tombasses dedans, ce qui serait très divertissant. »

Annabel arqua un sourcil. « Depuis quand avons-nous un quai, sans parler d'une excursion en bateau ? »

« Depuis que quelqu'un d'intelligent a compris que les touristes paieront vingt livres pour regarder les rochers de l'autre côté. »

À l'autre bout de la pièce, quelqu'un a marmonné que c'était « un peu indulgent pour un endroit comme celui-ci ». Un autre a répondu : « Eh bien, c'est plus agréable que la mare aux canards, et vous n'avez pas à quitter le village. »

***

Sous la table, Perséphone laissa échapper un léger cri de jugement et frappa légèrement le pied d'Evie.

Evie baissa les yeux. « Je t'ai dit qu'elle avait entendu le mot 'bateau' ».

Annabel soupira. « Elle ne nous pardonnera jamais. »

« C'est très bien, » a déclaré Evie. « Nous la corromprons avec du thon et des rayons de soleil. »

Annabel sirota sa limonade et regarda au loin, où le ventilateur du plafond ronronnait comme une libellule mourante. La chaleur scintillait à l'extérieur de la fenêtre, déformant la vue des paniers suspendus de Bernard en un mirage de pétunias trop arrosés.

« Très bien, » a-t-elle dit. « Je viendrai. Mais si je prends un coup de soleil, je te tiendrai personnellement responsable. »

« Bien. J'ai déjà préparé un discours et tout. »

***

Elles finirent leurs verres en silence.

Dehors, l'air ondulait comme s'il essayait de cacher quelque chose juste sous la surface.

Chapitre 2

Dès l'instant où elles quittèrent la chaumière, Perséphone fit savoir qu'elle considérait toute l'entreprise comme au-dessous d'elle.

Elle ne se souciait pas de la laisse.

Elle ne se souciait pas du soleil.

Elle ne se souciait certainement pas de l'idée d'une plate-forme flottante maintenue par une corde et de l'optimisme.

Elle miaula une fois – bas, aigu et avec le ton distinct de l'objection légale – tandis qu'Annabel la soulevait doucement sur le quai.

« Oh, arrête, » marmonna Annabel. « C'est un court trajet, et nous n'allons pas trop loin. Tu es tenue en laisse. Tout ira bien. »

Perséphone n'a pas honoré cela d'une réponse. Elle s'accroupit simplement, la queue tremblante, et émit un bruit qui semblait provenir d'un prédateur beaucoup plus grand.

***

Evie discutait déjà avec la guide touristique – une femme d'une cinquantaine d'années ridée par le soleil, nommée Jen, qui portait des lunettes de soleil polarisées et avait une voix comme le rire et le sel.

« Vous avez amené votre chat ? » a-t-elle demandé joyeusement.

« Elle a refusé d'être laissée pour compte , » dit doucement Annabel, comme si Perséphone avait fait son propre sac de voyage.

Jen sourit. «Je n'ai jamais eu ça auparavant. On aura la liste de passagers la plus intéressante de la semaine. »

***

Le bateau était bien rangé : de la fibre de verre blanche, des garnitures bleu vif, des bancs rembourrés sur le pourtour et une petite zone ombragée près de la console. Les gilets de sauvetage étaient facultatifs, les boissons étaient disponibles dans une glacière et il y avait une petite carte plastifiée que personne ne regardait.

Le quai grinça doucement lorsqu'elles montèrent à bord. Quelques autres passagers les ont rejointes : un jeune couple qui prenait déjà des selfies, un homme plus âgé avec des jumelles et une femme au chapeau de soleil souple qui a immédiatement sorti un roman.

Perséphone s'installa aux pieds d'Annabel, détestant tout.

« Elle boude , » murmura Evie.

« Elle planifie , » corrigea Annabel. « La vengeance, probablement. »

****

Ils commencèrent le trajet juste après dix heures. L'eau scintillait sous la coque, claire et invitante, le littoral ondulant de fleurs sauvages et de mouettes. Jen n'a pas cessé de commenter : des grottes formées par des siècles d'érosion, des oiseaux de mer nichant dans des rochers impossibles, des histoires de contrebandiers et de tempêtes.

Annabel laissa le soleil réchauffer ses épaules et essaya de se détendre.

Mais juste au moment où ils tournaient le virage vers une crique tranquille, son regard se posa sur une crique devant eux, une qu'ils n'avaient jamais vue auparavant. Niché entre deux falaises étroites. Immobile. Vide.

Et d'une manière ou d'une autre... en attente.

Chapitre 3

Le bateau s'était tu.

Pas tout à fait – Jen discutait encore des arches marines et des mouettes nicheuses – mais quelque chose dans l'air a changé. Le genre de calme qui ne signifie pas *que rien ne se passe*, mais que *quelque chose est sur le point de se produire.*

Perséphone le sentit la première.

Elle se leva de sa place aux pieds d'Annabel et renifla l'air, lentement et brusquement, son nez se contractant une fois. Et puis de nouveau.

Elle tourna la tête vers les falaises – la crique qui apparaissait à peine, cachée derrière des rochers déchiquetés et des reflets solaires.

« Qu'est-ce qu'il y a ? » murmura Annabel en la regardant.

Perséphone ne répondit pas, bien sûr. Elle s'est contentée de regarder fixement. Immobile. Tendue.

Puis vint le son, si faible qu'*elle seule* pouvait l'entendre. Une vibration douce et élevée. Pas un oiseau. Pas un bateau.

Quelque chose dans l'eau ? Ou... *en dessous ?*

Elle se tenait debout, la queue basse, les oreilles en avant – et sifflait. Un avertissement court, sec et chirurgical.

* * *

Evie baissa les yeux. « Ce n'est pas son sifflement dramatique. C'est son *sifflement* de quelque chose qui ne va pas. »

Annabel suivit son regard vers la crique. La lumière du soleil frappait juste l'eau – dorée, immobile, scintillante comme du verre. Trop immobile.

« Jen , » appela Annabel à l'avant. « Pourrions-nous ralentir un instant ? »

La guide a hoché la tête et a ajusté l'accélérateur, facilement, sans chichi.

Tout le monde se pencha vers les falaises, admirant la vue.

Seule Annabel se pencha dans l'autre sens, vers la ligne de flottaison juste devant elle. Vers quelque chose de pâle.

Quelque chose... *de mou.*

***

Les ondulations se déplaçaient bizarrement.

Annabel s'avança vers le bord du bateau.

Et c'est là qu'elle l'a vu.

Une robe. Des cheveux.

La peau était si pâle qu'elle ressemblait à la lumière elle-même.

***

Derrière elle, Perséphone grognait – un grognement bas, guttural, de quelque part plus profond que sa gorge.

Evie recula, la main portant à sa bouche.

Annabel ne détourna pas le regard.

« Il y a quelqu'un dans l'eau. »

Chapitre 4

Il y a eu un moment – après que Jen ait coupé le moteur, après que le bateau fut immobilisé, après qu'Annabel ait parlé – où personne n'ait dit un mot.

Le genre de silence qui s'installa après l'oubli d'un nom, *avant* qu'une vérité ne soit dite.

La fille flottait juste sous la surface, ses cheveux l'entourant comme du varech. Une robe d'été pâle s'accrochait à ses membres. Un bras était pris dans une boucle d'algues.

Elle avait l'air... encore.

« Elle a dû se noyer , » murmura quelqu'un derrière Annabel.

Et juste comme ça, le silence s'est rompu.

« Pauvre chose. Elle a probablement nagé seule. »

« Vous pouvez être pris dans un courant sans même vous en rendre compte. »

« N'avons-nous pas eu un avertissement de drapeau rouge la semaine dernière ? »

La femme au chapeau de soleil souple plia son livre et murmura : « Les enfants d'aujourd'hui pensent qu'ils sont invincibles. »

***

Annabel s'agenouilla à l'extrémité du bateau et étudia la jeune fille.

Pas de chaussures.

Pas de sac.

Pas de montre ni de téléphone.

Et étrangement, *aucune blessure visible*. Pas une égratignure des rochers. Pas une ecchymose.

Perséphone n'avait pas bougé. Elle était assise maintenant, les oreilles en arrière, le corps tendu. Regardant la fille comme si elle allait bouger.

Evie se tenait à côté d'elle, une main sur sa bouche, l'autre agrippée au côté du bateau.

« Annabel ? » demanda-t-elle doucement. «Penses-tu... C'est ce qu'ils ont dit ? »

Annabel ne répondit pas.

Parce que la fille n'avait pas une expression paniquée sur son visage.

Elle n'avait pas l'air de quelqu'un qui s'était battu.

Elle n'avait même pas l'air d'avoir sauté.

Elle avait l'air de quelqu'un qui avait *été placé.*

* * *

La guide, Jen, a appelé les garde-côtes par radio avec le calme de quelqu'un qui avait déjà fait cela auparavant – une ou deux fois de trop.

«Corps qui ne répond pas. Femelle. Début de la vingtaine environ. Aucun signe de vie. Aucune blessure visible. »

Les yeux d'Annabel ne quittaient pas la jeune fille.

« Elle n'a pas l'air d'être venue ici toute seule , » dit-elle doucement.

Evie cligna des yeux. « Quoi ? »

« On ne vient pas en coastering en robe d'été. Pas sans chaussures. Pas sans un sac. Pas dans cette crique. Pas sans être vue. »

***

La femme au chapeau de soleil hocha la tête, presque soulagée.

« Peut-être que c'était un suicide, alors. »

Une autre voix intervint. « Oh oui. C'est logique. Elle a l'air... tranquille. N'est-ce pas ? »

Tout le monde hocha la tête un peu trop rapidement.

Parce que *le suicide est plus facile*.

Cela met fin à la conversation.

Ce n'est pas le cas quand c'est un meurtre.

***

Evie murmura : « Aurait-elle pu dériver ? De plus loin sur la côte ?

Annabel n'a pas répondu tout de suite.

Elle jeta un coup d'œil aux rochers qui bordaient la crique. Aiguisés. Proches. L'eau était peu profonde.

« C'est possible , « a-t-elle finalement dit. « Si le courant était bon. »

Une pause.

« Mais elle n'a pas les éraflures auxquelles on pourrait s'attendre si elle passait à travers ces rochers. »

Elle se leva lentement.

« Je ne dis pas comment elle est arrivée ici. »

«Je dis simplement... Qu'elle n'a pas
l'air d'être arrivée ici par accident. »

Chapitre 5

Le bateau des garde-côtes est arrivé avec le bourdonnement sourd de l'autorité – coupant net l'eau, une lumière bleue scintillante contre les falaises comme une alarme silencieuse.

Personne sur le bateau d'excursion n'a parlé alors que le bateau se mettait à côté du bateau d'excursion.

Jen leur a fait un signe de la main suivi d'un rapport rapide. Sa voix avait perdu de sa gaieté. Maintenant, elle avait l'air fatiguée. «Jeune femme. Aucun signe de vie. Pas de pièce d'identité. »

***

Une agente des gardes côtières, portant des lunettes de soleil miroirs, est montée à bord en premier. Elle était âgée d'une quarantaine d'années et abordait une expression calme avec son presse-papiers à la main. Néanmoins, ses yeux n'arrêtaient pas de bouger.

« Nous allons prendre le relais à partir d'ici , » a-t-elle déclaré. « Tout le monde, s'il vous plaît, restez où vous êtes. »

Quelqu'un sur le banc a chuchoté : « Sommes-nous des témoins maintenant ? »

« Vous étiez ici quand elle a été retrouvée , » a répondu l'agente. « Cela vous rend important. S'il vous plaît, ne partez pas. »

***

Evie était assise à côté d'Annabel, le visage pâle. Perséphone s'était de nouveau retirée sous le banc, recroquevillée, la queue tremblante. Toujours en alerte.

Annabel a regardé l'équipe des garde-côtes travailler – gants, photos, mesures. Tout dans les règles.

« Aucun traumatisme visible, » a marmonné l'officier à son partenaire. »Ça ne ressemble pas à une chute. Vêtements intacts.

La jeune fille fut doucement soulevée hors de l'eau. Son bras glissa de l'algue. Sa main pendait mollement.

« Nous la transporterons au bureau du coroner. Autopsie complète, » a déclaré l'officier à haute voix. « Nous aurons besoin des noms et des coordonnées de tout le monde avant de débarquer. »

***

L'agent de police Tom Oakes est apparu avec un bloc-notes et un manifeste de passager imprimé. Il avait l'air un peu malade et complètement dépassé.

« Si tout le monde pouvait s'il vous plaît confirmer son nom sur la liste... »

Un par un, les gens se sont conformés. Grognon, mais docile. Les noms ont été cochés. Détails notés.

***

Jusqu'à ce qu'Annabel jette un coup d'œil vers le banc le plus éloigné.

« N'y avait-il pas une femme avec un foulard rouge ? »

Evie fronça les sourcils. « Oui. Elle avait le grand chapeau de soleil. »

Annabel se tourna vers l'officier. « Il vous manque une passagère. »

L'agent Oakes a vérifié la liste. « Nous en avions onze. Seulement dix ici.

« Elle est partie, » dit Annabel doucement.

***

Le presse-papiers s'est figé dans les airs.

« Personne n'a quitté le bateau, » a déclaré le policier.

« Pas d'ici, » a répondu Annabel. « Mais peut-être avant que tu arrives ici. »

Elle regarda de l'autre côté du quai.

Aucun signe d'elle.

Juste une bouteille d'eau à moitié vide sur le banc.

Et une tasse de café à emporter tachée
de rouge à lèvres.

Chapitre 6

C'était tôt. Trop tôt pour le thé, mais Annabel s'est quand même versé une tasse.

De l'extérieur de la fenêtre de la cuisine, les dahlias semblaient moins suffisants que d'habitude – finalement intimidés par la chaleur. Même les abeilles étaient léthargiques ce matin. Le monde semblait suspendu, comme si l'air s'était épaissi juste assez pour tout maintenir en place.

Elle s'est assise à la table avec son carnet, celui qu'elle n'appelait pas un journal de cas, mais qu'elle utilisait comme tel.

Sur la page d'accueil :

Pas de pièce d'identité

Pas de blessures (externes)

Pas de sac. Pas de chaussures. Pas d'ecchymoses. Aucun témoin.

Pas de nom.

Elle avait souligné ce dernier deux fois.

***

Annabel venait d'ouvrir son deuxième carnet lorsqu'elle reçut l'appel.

Elle n'a pas sursauté, mais elle l'a senti — ce petit serrement dans sa colonne vertébrale. Comme si quelque chose se déplaçait, légèrement, avant de tomber.

Elle ne s'y attendait pas, pas aujourd'hui, ni si tôt. Mais quand elle a vu le numéro du coroner affiché à l'écran, elle a répondu sans hésiter.

« Docteur Jameson. »

«Professeure Deighton, » a-t-il dit. « Vous m'avez laissé un message pour en savoir plus sur le corps retrouvé dans l'eau. Vous avez... été impliquée dans quelques affaires maintenant. Plus que quelques-unes, si je me souviens bien. »

Annabel leva un sourcil, bien que personne ne pût la voir. « C'est une façon de le dire. »

Une pause sur la ligne.

« Vous serez peut-être intéressée de savoir , » a poursuivi Jameson, « qu'il semble que nous en ayons un autre. »

« Meurtre ? » demanda-t-elle tranquillement.

« Je n'ai pas dit ça , » a-t-il répondu. « Mais... L'affaire n'est plus considérée comme accidentelle. »

***

Annabel se déplaça vers sa table de cuisine ; son carnet de notes déjà ouvert. Perséphone leva les yeux du sol mais ne prit pas la peine de se lever.

« Qu'est-ce qui a changé ? » demanda Annabel.

« Au début, rien n'a changé. Aucune blessure. Pas de drogue. Pas de carte d'identité, juste la noyade. »

« Mais ? »

« Nous avons réexaminé le corps au bout de deux jours. Quelques ecchymoses sont apparues – faibles, le long du haut du dos. Comme si quelqu'un la maintenait au sol. »

La voix de Jameson baissa légèrement.

« Nous avons testé l'eau. Vous seriez surpris de voir combien de fois les corps dérivent. »

« Et ? »

« Pas l'eau de mer. Pas de la crique. Pas même la rivière. »

Une autre pause.

« L'eau de ses poumons est chlorée. Traitée. Un profil synthétique. Pas de diatomées marines. »

« Une piscine , » a dit Annabel.

« Nous traitons cela comme une mort suspecte. »

Il n'a pas dit meurtre.

Il n'en avait pas besoin.

***

À la fin de l'appel, Annabel resta assise un moment, laissant le calme la submerger.

Puis elle a pris sa plume et a souligné une note qu'elle avait déjà écrite des heures auparavant :

Pas de nom. Pas de chaussures. Aucune raison.

Et en dessous, dans son script soigné habituel :

Mauvaise eau. Mauvais endroit. Fausse histoire.

Elle jeta un coup d'œil à Perséphone, qui se toilettait maintenant la patte comme si de rien n'était.

« On va chercher une piscine ? » dit-elle doucement.

Perséphone ne répondit pas.

Mais sa queue a battu une fois – un oui lent.

Chapitre 7

L'air était déjà épais de chaleur quand Annabel entra dans le pub du Lièvre et le limier.

À l'intérieur, les ventilateurs sifflaient doucement et la conversation était plus lente que d'habitude – tout le monde avait trop chaud pour faire un drame mais était trop curieux pour ne pas parler.

Quelqu'un avait laissé un exemplaire de la *Firling Gazette* sur le bar, plié deux fois, humide du coude de quelqu'un.

«Dommage pour la fille, » marmonna une voix depuis la cabine du coin. « Elle a dérivé comme un morceau d'algue. »

« Jeune, n'est-ce pas ? » a répondu un autre.

« Ils ont dit qu'elle avait l'air paisible. Comme si elle venait d'arrêter de nager. »

« Probablement l'une de ces touristes qui pensent que les falaises sont romantiques. »

****

Bernard attira l'attention d'Annabel alors qu'elle s'approchait du comptoir.

« Vous êtes ici pour de la limonade ou pour des petits détails ? » demanda-t-il en polissant un verre.

« Un peu des deux, » a-t-elle dit. « Vous savez comment ça se passe. »

* * *

Elle n'a pas insisté – pas encore.

Juste demandé doucement, de la manière dont les gens répondent sans se rendre compte qu'ils le font.

«A-t-on récemment posé des questions sur une location ? Un emploi ? Peut-être que cela semblait un peu... Pas à sa place ? »

La plupart des réponses étaient vagues.

«Aurait pu être l'une des filles de l'été.
Elles vont et viennent toujours, n'est-ce
pas ? »

« Il y en avait une qui séjournait près
de Rosehill il y a environ un an.
Tranquille. Peut-être la même fille. Ou
peut-être pas. »

«J'ai peut-être vu quelqu'un comme
elle sur le chemin du bureau de poste,
mais vous savez... Elles se ressemblent
toutes. »

***

À la boulangerie, Mira Harrington
secoua la tête.

« Elle n'a pas l'air locale. Peut-être de l'un des domaines ? Mais ils ont de nouvelles personnes chaque saison. »

Nathan, le jardinier, était en train de tailler la haie à l'extérieur de l'église quand Annabel passa.

« C'est drôle que vous demandiez , » a-t-il dit, faisant une pause. « Je me souviens d'une fille. L'été dernier, peut-être celui d'avant. Elle est passée devant l'église plusieurs fois. Elle a regardé... mais ne semblait pas tout à fait perdu. Plutôt comme si elle ne voulait pas être vue. »

« Vous souvenez-vous de son visage ? »

Il fronça les sourcils. « Pas vraiment. Mince. Des cheveux noirs, je pense. Mais peut-être que c'est juste ce à quoi je m'attends maintenant. »

***

À la fin de la journée, Annabel avait trois pages de souvenirs proches, de possibles et d'incertitudes.

Personne ne se souvenait d'elle.

Pas clairement.

Pas assez pour être utile.

Pas encore.

***

De retour à Honeystone Cottage, elle se versa un verre d'eau et s'assit à côté de Perséphone, recroquevillée dans un coin d'ombre avec une expression de dédain persistant.

Evie entra avec un sac à provisions et le laissa tomber sur le comptoir.

« Y a-t-il du progrès ? »

« Seulement que tout le monde est convaincu d'avoir vu quelqu'un comme elle... Mais personne n'est sûr que c'est vraiment elle. »

Evie soupira. « Les gens veulent une histoire, pas un souvenir. »

Annabel hocha lentement la tête. « C'est le problème. *Elle n'est pas encore une histoire. Juste une forme dans l'eau.* »

Chapitre 8

La photo était petite.

Dans le coin supérieur droit de la troisième page, juste en dessous de l'horaire de collecte des poubelles du conseil et à côté d'une recette de sirop de fleur de sureau.

La *Firling Gazette* n'a pas fait de « nouvelles de dernière minute ». Mais il savait comment planter un titre juste assez silencieux pour être lu *par tout le monde*. « Appel de la police : une jeune femme retrouvée dans l'eau – pouvez-vous l'identifier ? »

Annabel fixa l'image – une photo recadrée et nettoyée du dossier du coroner.

Les yeux de la jeune fille étaient fermés. Son expression est douce. Mais la ligne de sa pommette, l'ondulation de ses cheveux – indubitable.

Maintenant, *elle était réelle.*

***

Evie laissa tomber le papier sur la table de la cuisine.

« Alors, le village a maintenant un visage. Et tout le monde se souvient soudain de ce qu'il a oublié. »

Annabel était déjà en train d'attraper son sac.

***

Au bureau de poste, la photo avait été collée à côté des avis « chat perdu ». Une flèche écrite à la main au stylo rouge pointait vers elle, sous laquelle quelqu'un avait griffonné « *Tragique* ».

À l'extérieur de la boulangerie, deux femmes se tenaient debout en murmurant.

« Elle a l'air familière, n'est-ce pas ? »

« Peut-être du marché de l'année dernière ? »

« Non, je pense qu'elle restait dans les bois. Vous savez la location chic avec le porche en verre. »

***

Dans le pub du Lièvre et le limier, la photo du visage avait été épinglée à côté du jeu de fléchettes.

Trois personnes étaient assises en dessous, sans contact visuel.

Bernard séchait une tasse qui n'avait pas besoin d'être séchée.

« Quelqu'un doit la connaître, » murmura-t-il.

Annabel observa une femme – une visiteuse, peut-être, ou quelqu'un qu'elle n'avait jamais remarqué auparavant au pub – fixer la photo trop longtemps avant de finir son verre et de sortir.

Evie la suivit des yeux.

« La connaissons-nous ? »

« Non , » a dit Annabel. « Mais elle la connaissait. »

＊

Sur le panneau d'affichage de l'église, quelqu'un avait déjà commencé une note sous la photo :

« Si vous connaissiez cette fille ou si vous l'avez vue récemment, contactez la station de police locale. »

Annabel ajouta une petite goupille pour la maintenir plus serrée.

***

En fin d'après-midi, cinq personnes ont prétendu avoir peut-être vu la fille.

Deux d'entre eux ne l'avaient clairement pas fait.

L'un d'entre eux aurait pu le faire.

Et l'une d'entre elles – *la femme du pub* – était maintenant *injoignable*.

Evie leva un sourcil quand Annabel écrivit son nom dans le cahier.

«Tu penses qu'elle court ? »

Annabel secoua la tête.

«Je pense qu'elle pensait que personne ne se souviendrait du visage de la fille.

Et maintenant que nous le faisons... elle n'est pas sûre de *ce dont nous nous souviendrons ensuite.* »

Chapitre 9

Annabel avait dit un jour que Little Firling était un village construit sur des miettes de pain.

Tout le monde laisse une trace, à travers le marché, le green, la boucherie, la boulangerie, le bureau de poste ou un autre endroit.

Il suffisait de savoir où regarder.

***

À midi, elle avait une carte des environs étalée sur sa table de cuisine. Une brochure touristique usée du bureau de poste, annotée de *l'habitude féroce du surligneur d'Evie* et *des marques de crayon parfaitement étiquetées d'Annabel.*

« Il y a plus de locations que je ne le pensais , » marmonna Evie. « Certains d'entre eux ont à peine l'air de tenir dans une valise. »

« Il ne faut pas beaucoup d'espace pour disparaître , » a déclaré Annabel.

Elles se sont concentrées sur celles qui *se trouvaient à l'extérieur du centre du village* : des maisons isolées, des retraites privées, des chalets de long séjour proche de la lisière de la forêt.

***

Le premier arrêt d'Annabel a été le bureau de poste, où elle a posé des questions sur le ramassage des colis.

« Les gens qui louent à long terme ont l'habitude de récupérer leurs courriers, n'est-ce pas ? » A-t-elle demandé.

Mme Cuthbert cligna des yeux par-dessus ses lunettes. « Oui, ma chère, à moins qu'ils ne soient chics et envoient quelqu'un d'autre. »

« Y a-t-il quelqu'un de nouveau qui est arrivé récemment ? Femme, mi-trentaine, tranquille ? »

« Il y avait une femme qui est arrivée tôt lundi , » a-t-elle dit. «Elle n'a pas dit grand-chose. Elle a acheté des timbres et une carte à gratter. Elle portait un foulard rouge. »

Le pouls d'Annabel vacilla.

« Savez-vous où elle logeait ? »

«Elle ne m'a pas dit. Mais elle portait un sac de marque : Stonehill Lodge. Un endroit chic. Vous aimeriez les rhododendrons. »

***

« Les gens qui séjournent à Stonehill Lodge n'ont pas l'habitude de venir ici , » a déclaré Bernard au pub. «Ils sont plus pour une cave à vin qu'une bière en fût, si vous voyez ce que je veux dire. »

Mais il a ensuite ajouté : « Il y avait une femme. Tranquille. Assise dans un coin. On aurait dit qu'elle essayait de ne pas être reconnue. Foulard rouge, je pense. »

Evie se pencha sur sa limonade.

« C'est celle du bateau, n'est-ce pas ? »

Annabel hocha lentement la tête.

***

Ce soir-là, juste avant le crépuscule, elles se promenèrent près de la lisière des bois, là où la route s'incurvait vers Stonehill Lodge.

L'hôtel était en retrait derrière des haies. Fermé. Le genre d'endroit qu'il *fallait laisser tranquille.*

Mais lorsqu'elles atteignirent le virage, Annabel s'arrêta.

Là, juste au-delà de la haie, *une silhouette.*

Foulard rouge. Serré.

Le visage à moitié tourné.

La femme du bateau.

Elle se dirigeait vers l'entrée latérale. Elle l'a déverrouillé et s'est faufilée.

Partie.

Evie laissa échapper un souffle qu'elle ne réalisait pas qu'elle retenait.

« Elle reste là ? »

« Ou elle doit rencontrer quelqu'un
, » a déclaré Annabel. «Quoi qu'il en
soit... *Elle est revenue.* »

Chapitre 10

Stonehill Lodge se trouvait à l'orée des bois comme s'il avait toujours appartenu à cet endroit : grand, calme et poliment désintéressé de la vie des autres.

Mais Annabel n'était pas intéressée par son charme.

Elle s'intéressait à *qui avait franchi ses portes… et avait disparu.*

***

Les registres d'enregistrement touristique du chalet étaient assez faciles d'accès – le bureau de poste tenait une liste, tout comme le greffier de la paroisse.

« Nous aimons savoir qui reste où au cas où quelqu'un serait mangé par un blaireau, » avait dit sèchement Mme Cuthbert.

Mais Stonehill Lodge était absent des deux derniers rapports trimestriels. Aucune entrée sous son nom officiel. Aucune mention de réservations, de changements de personnel ou d'appels de maintenance.

« C'est étrange, » dit doucement Annabel, faisant le tour de l'espace vide.

***

Annabel s'est ensuite dirigée auprès de l'agence de location locale.

« Ils s'occupent des séjours chics, » murmura Evie alors qu'elles traversaient la rue principale. « Stonehill est toujours affiché à leur fenêtre. »

À l'intérieur du bureau, la réceptionniste portait du rose pastel et souriait comme si ses dents n'avaient jamais entendu un mensonge.

« Oh, Stonehill Lodge , » dit-elle vivement.

« Réservé pour tout l'été ! Des retraites d'entreprise, principalement. Types de mieux-être. Très exclusif. »

« Savez-vous qui séjournait là au début de juillet ? » demanda Annabel.

La réceptionniste cligna des yeux.
« C'est confidentiel. »

Annabel sourit en retour. « Bien sûr.
Mais si quelqu'un disparaissait ?

«Alors, je leur suggérerais de *contacter
officiellement la police.*»

***

De retour à l'extérieur, Annabel
ajusta son sac et murmura :

« Trop brillante. Trop vite. Et
mentant entre ses dents. »

« Tu crois qu'elle sait quelque chose
? » a demandé Evie.

« Je pense qu'on lui a dit de ne rien
dire. »

✳✳✳

Elles firent une boucle à travers le village, s'arrêtant chez l'épicier pour acheter du lait. Annabel demanda avec désinvolture ce qu'il en était des livraisons en haut de la colline.

« Une grosse commande est arrivée là-bas la semaine dernière , » a déclaré le vendeur. « Mais l'homme qui l'a ramassé n'était pas du coin. Il avait un accent du nord. Il conduisait une camionnette blanche. Il avait une apparence étrange. »

« Y avait-il une femme avec lui ? »

« Pas cette fois-là. Mais la semaine d'avant... oui. Une femme avec un foulard rouge. Silencieuse. »

* * *

Alors que le soleil baissait, elles retournèrent au virage près de Stonehill Lodge.

La porte était toujours fermée. Le chalet est encore calme.

« Si elle y a travaillé auparavant, son nom a été effacé. Et si elle y restait encore... Elle n'était jamais censée être retrouvée. »

Evie n'a pas répondu.

Derrière eux, une voiture noire passait lentement, avec des vitres teintées.

Aucune d'elles ne regarda jusqu'à ce qu'elle soit partie.

Chapitre 11

L'appel est arrivé tard dans la journée.

Annabel était dans le jardin, son cahier ouvert à côté d'elle, lorsque son téléphone a sonné.

« Mme Lennox Deighton ? Il s'agit de Layla Shaw, l'assistante du Dr Jameson au bureau du coroner. Je comprends que vous ayez un vif intérêt pour le corps trouvé dans l'eau. »

« Oui , » dit Annabel, déjà assise plus droite.

« Nous avons réexaminé le corps. Il y a un tatouage – petit, au-dessus de la cheville droite. Complètement guéri. Ce n'est pas récent – nous estimons à un an, peut-être deux. »

« À quoi ce tatouage ressemble-t-il? »

«Une vague, stylisée. Spirale serrée. Des lignes épurées. Ni décorative ni à la mode. Plutôt... symbolique. »

« L'encre ? » a-t-elle demandé.

« Inhabituelle. Pas de qualité commerciale. Probablement mélangé en privé – quelque chose que vous trouveriez dans le travail sur mesure ou sur commande. »

La photo est arrivée dès la fin de l'appel.

Annabel l'étudia.

Une vague, oui, mais *refermée sur elle-même*. Fluide. Délibérée. Comme un secret, que seule la peau était autorisée à porter.

« J'ai déjà vu cela , » murmura-t-elle.

✳✳✳

Elle entra à l'intérieur, ouvrit le tiroir de son bureau – celui qui est rempli de choses dont elle n'avait jamais vraiment eu besoin mais qu'elle ne pourrait jamais jeter.

Cartes anciennes. Un programme de théâtre d'il y a cinq ans. Une carte postale sans timbre.

Et en dessous de tout cela – plié et rangé à l'intérieur d'un dépliant délavé d'une visite de domaine – elle l'a trouvé.

« *Virelai – Une retraite pour le renouveau* »

La même *vague*. Recroquevillée sur la couverture comme si elle chuchotait.

Evie entra juste au moment où Annabel posait le dépliant sur la table.

« Qu'est-ce que c'est ? »

« Son tatouage , » dit doucement Annabel. « C'est de là. »

Evie se pencha sur le vieux pli.

« *Pour ceux qui ont survécu et qui sont prêts à vivre.* » Elle cligna des yeux. «Tu penses que c'est là qu'elle est allée ? »

« Je pense que c'est là qu'elle a commencé. »

*** *

Ils ont cherché.

Le site Web de Virelai était en panne. Leur formulaire de contact a rebondi. Les liens vers les réseaux sociaux étaient redirigés vers des comptes de messagerie vides.

Il ne restait plus que des articles de blog en cache datant de trois ou quatre ans, qui parlaient poétiquement de transformation, de silence et d'air marin.

«Le site a disparu ? » a déclaré Evie.

« Caché ,» a répondu Annabel. « Ou nettoyé. »

***

Elle passa son doigt sur le symbole sur le dépliant.

«Elle ne dérivait pas. Elle a fait un choix. Elle avait commencé quelque chose. »

Une pause.

« Quelqu'un ne voulait pas qu'elle le termine. »

Chapitre 12

Stonehill Lodge se dressait comme toujours: serein, isolé et terriblement silencieux derrière ses grilles en fer noir.

Le chemin de gravier qui longeait le domaine appartenait à peine au village. Il appartenait au temps, aux racines et aux secrets.

« Tu ne t'attends pas vraiment à ce qu'elle marche bien, n'est-ce pas ? » Demanda Evie, tandis que Perséphone tirait sa laisse sur le côté avec un dédain délibéré.

« Elle n'est pas en promenade, répondit Annabel calmement. « Elle est en patrouille. »

***

Techniquement, il ne s'agissait pas d'une intrusion. Pas encore. La ruelle qui bordait le jardin latéral du chalet était publique – ou du moins non réclamée. Et Annabel avait bien l'intention de le garder ainsi... jusqu'à ce que Perséphone s'élance vers une haie et disparaisse avec toute la subtilité d'une grenade.

« Bien sûr qu'elle l'a fait , » marmonna Evie, plongeant déjà derrière elle.

Annabel suivit le bruissement et trouva Perséphone accroupie sous l'épais lierre au pied d'un mur de pierre, une patte grattant quelque chose sous le sol.

Pas une souris.

Pas un oiseau.

Quelque chose de plastique.

Annabel tomba à genoux.

« Oh , « a-t-elle dit.

C'était un bracelet.

Synthétique, vert terne, recouvert de terre. Fissuré, mais intact. Un bracelet étanche - le genre de celui que l'on distribue lors de concerts, d'hôpitaux ou...

Annabel l'a retourné.

Et là, estampillée à la surface à l'encre blanche délavée : *une vague en spirale.*

***

Evie s'agenouilla à côté d'elle.

« C'est... ? »

Annabel ne répondit pas. Elle était déjà en train de sortir le tract de Virelai de son sac.

Elle tenait le bracelet à côté du logo imprimé.

Identique.

* * *

« Cette retraite n'était pas seulement dans le Devon , » a-t-elle dit doucement.

« Elle était aussi *ici.* »

Une brindille s'est cassée.

Elles se retournèrent tous les deux.

À la lisière des arbres, juste au-delà de la ligne de haie, une silhouette les observait. Foulard rouge. Cheveux tirés en arrière. Immobile.

La femme depuis le bateau.

Elle ne parlait pas.

Elle ne s'est pas enfuie.

Elle a juste regardé le bracelet entre les mains d'Annabel.

Puis, lentement, elle se retourna et disparut dans les bois.

Chapitre 13

La femme n'est pas venue à elles.

Annabel dut attendre, assise sur le mur du jardin près de Stonehill Lodge, Perséphone se recroquevillent autour de ses pieds comme un garde silencieux.

Evie se tenait à quelques pas de là, faisant semblant de faire défiler son téléphone.

Et puis, enfin, des arbres, l'écharpe rouge est réapparue.

La femme ne s'est pas enfuie cette fois-ci.

***

« Je ne sais pas ce que vous pensez que je peux vous donner, » a-t-elle dit. Sa voix était rauque, sa posture cassante. « Je ne lui ai pas fait de mal. »

Annabel hocha la tête.

« Je ne pense pas que vous l'ayez fait. »

Le regard de la femme s'attarda sur le bracelet entre les mains d'Annabel, celui qu'elles avaient déterré avec les griffes tenaces de Perséphone.

« Elle l'a enterré après Virelai, » a déclaré la femme.

« Elle m'a dit qu'elle ne voulait jamais plus regarder en arrière. Seulement en avant. »

« Mais elle vous a appelé, » dit doucement Annabel. « N'est-ce pas ? »

La mâchoire de la femme se serra.

« Oui. Il y a quelques semaines. »

***

Elle s'assit sur le bord du mur à côté d'Annabel – pas proche, mais ne s'enfuyant plus.

« Elle était excitée. Nerveuse. Comme... Comme si elle avait enfin quelque chose de solide sous ses pieds. Elle a dit qu'elle avait trouvé des gens prêts à l'aider. Certains d'entre nous. Quelques-uns nouveaux. »

« Elle voulait reconstruire. Pas exactement Virelai – quelque chose de plus petit. Local. Moins structuré. Elle avait des croquis. Des tableaux de visualisation. Elle voulait que ce soit basé sur l'art, cette fois-ci. Plus... expressif. »

Annabel échangea un regard avec Evie.

« Y a-t-il quelqu'un avec qui elle a travaillé dessus ? »

La femme hésita.

Alors:

« Oui. Jules. Il était... important pour elle. Pas comme ça – du moins, je ne pense pas. Mais ils étaient proches. Il est passé par Virelai en même temps. Elle lui faisait confiance. »

« Connaissez-vous son nom de famille ? »

« Non. Aucun d'entre nous n'a utilisé de nom de famille. Cela faisait partie de la pratique – vous n'étiez pas votre traumatisme, ni votre titre. Vous étiez juste... qui vous étiez. »

« Savez-vous où il est ? »

« J'ai entendu dire une fois qu'il avait ouvert une galerie d'art. Quelque chose de petit. Quelque part près de la côte. Il a parlé de l'utilisation de son rétablissement pour aider les autres. Cela a toujours été son rêve. »

Une pause.

« Si elle faisait confiance à quelqu'un avec la vérité, c'était à lui. »

***

Annabel se leva lentement.

La femme n'a pas bougé.

« Si je le trouve, » dit doucement Annabel, « qu'est-ce que je lui dirai ? »

L'écharpe rouge flottait légèrement dans la brise.

«Dites-lui qu'elle était revenue.

Et qu'elle n'a jamais cessé d'essayer. »

Chapitre 14

Cela avait pris la majeure partie de l'après-midi et plusieurs séries de recherches en spirale sur Internet, mais elles l'avaient finalement trouvé.

« Jules - galeriste, peintre, défenseur de la récupération émotionnelle par l'expression créative. »

La galerie s'appelait *Le courant immobile*, nichée le long des ruelles sinueuses d'une ville côtière à deux heures de Little Firling. Il n'y avait pas de signalisation tape-à-l'œil, juste une pancarte en bois peinte à la main et de grandes fenêtres en verre qui laissaient la lumière faire la plupart de l'invitation.

À l'intérieur, l'espace était calme, comme si l'on entrait dans un souvenir que quelqu'un avait lissé sur les bords. Les murs étaient recouverts de textures superposées – vagues et spirales, morceaux brisés réparés avec de l'or, visages à moitié formés et étirés.

« Cet endroit respire, » murmura Evie.

Annabel ne dit rien, mais le sentit aussi. L'endroit ne criait pas galerie. Il murmurait sanctuaire.

Elles ne sont pas restées seules longtemps.

«Bonjour, » a dit un homme en sortant d'une arrière-salle. « Je m'appelle

Jules. Êtes-vous ici pour l'exposition ou pour l'atelier ? »

Il ressemblait exactement à ce qu'Annabel avait imaginé : grand, maigre, un peu de fusain sur ses doigts, les manches retroussées comme s'il était toujours à mi-chemin d'une pensée.

« Nous espérions vous poser des questions sur votre travail , » a déclaré Annabel, offrant un doux sourire.

« Bien sûr , » a répondu Jules. « Je suis toujours heureux de parler d'art. C'est ce qui me retient ici, honnêtement. »

***

Ils marchèrent lentement dans la galerie. Annabel s'est arrêtée devant une pièce mixte : un seul arbre qui poussait dans une pierre fracturée, les racines berçant les fissures au lieu de les briser.

« Il y a beaucoup de guérison dans ces pièces-ci , » a-t-elle déclaré.

« C'est l'idée, » répondit Jules. « J'ai toujours cru que l'art aide les gens à se recoudre. Pas proprement, mais honnêtement. »

« D'où vient cette croyance ? ».

Il hésita. Pas sur la défensive, mais de manière réfléchie.

« D'une retraite. D'il y a quelques années. Nous ne donnions pas de noms là-bas. Juste des histoires, brisées et brutes, pour réapprendre à respirer. »

Tout en parlant, il écarta une toile sur la table, attrapant quelque chose – et sa manche retomba.

***

Elle était là.

Encerclant son poignet dans une permanence silencieuse – *la vague en spirale.*

Pas tape-à-l'œil. Pas même colorée.

Juste des lignes nettes et douces. Gravée comme un vœu.

Le regard d'Annabel se posa sur lui.

« Virelai ? »

Jules se figea. Il baissa les yeux sur son poignet. Puis vers elle.

« Je n'ai pas entendu ce nom depuis longtemps. »

Il frotta légèrement le tatouage avec son pouce, comme s'il le maintenait en contact avec la terre.

« C'est là que j'ai retrouvé l'art. Où j'ai trouvé... moi-même, je suppose. »

« Vous le portez au poignet , » a noté Annabel.

Il a fait un petit sourire. «Pour que je le vois à chaque fois que je peins. »

Chapitre 15

Jules a mentionné que Virelai n'avait jamais été grand.

Pas tape-à-l'œil. Pas d'entreprise. Ce n'est pas le genre de retraite qui a atterri sur les blogs de bien-être avec des images de drone et des témoignages de désintoxication.

Il avait été petit. Intentionnel. Discrètement puissant.

Et il était parti.

***

Annabel était assise à son bureau, la lumière de l'après-midi filtrante à travers les rideaux. Perséphone était recroquevillée dans un rayon de soleil, la queue tremblante comme si elle sentait aussi quelque chose remuer dans l'air.

Sur son écran, il y avait de vieilles pages Web, des billets de blog archivés, des interviews en cache. La plupart des liens étaient morts. Ceux qui sont restés étaient doux et étranges – des expressions comme « *recalibrage émotionnel* , » « *traumatisme démêlé* , » « *guérison dans l'immobilité* ».

« Pas de conseil d'administration, » dit Evie en regardant par-dessus son épaule. « Pas de relations publiques, pas de grande empreinte sur les réseaux sociaux. »

« Ce n'est pas un hasard, » murmura Annabel.

Elles avaient contacté l'une des employées de Virelai qui figurait sur la liste d'un blogue d'il y a quatre ans – une femme nommée Mara Sanderson, qui travaillait maintenant dans un centre de rétablissement du deuil en bord de mer.

Elle avait d'abord hésité à parler. Mais quand Annabel a mentionné le bracelet… et la fille trouvée dans l'eau… Elle a accepté de les rencontrer. Discrètement.

Mara était plus âgée que ce à quoi Annabel s'attendait. À la fin de la cinquantaine, avec des cheveux coupés courts et argentés sur les bords. Elle les rencontra dans un café-jardin, ses doigts serrés autour de sa tasse de thé comme si elle l'ancrait au sol.

« Virelai n'était pas censé prendre de l'ampleur », a-t-elle dit. « C'était le but. Nous voulions que les gens viennent et se dévoilent. Pas de pression. Pas de performances. Pas de vente de soins à qui que ce soit. »

« Pourquoi a-t-il fermé ? » demanda Annabel.

Une pause.

La bouche de Mara se tordit. « Le financement. Ou sa disparition. »

« Il y avait un bailleur de fonds ? »

« Oui. Discrets. Généreux. Personne ne savait qui ils étaient ; seuls deux ou trois membres clés les rencontraient. Ils voulaient l'anonymat. Ils disaient que leur travail comptait plus que leur nom. »

« Et un jour... ? »

« Un jour, l'argent a disparu. Les réservations ont cessé. Les courriels ont rebondi. La maison a été vendue discrètement. Aucune explication. Juste... parti. »

***

Evie fronça les sourcils. « Pensez-vous que quelqu'un *voulait* qu'il ferme ? »

Mara hésita.

Alors:

«Je pense que quelqu'un n'aimait pas qui cela aidait. Ou qui commençait à guérir. »

« C'est une chose étrange dont il faut avoir peur. »

Mara les regarda, vive et triste.

« Vous seriez surpris de voir à quel point certaines personnes se sentent menacées lorsque quelqu'un apprend à vivre sans elles. »

Chapitre 16

Jules ne se souvenait pas du moment exact où Virelai s'était fermé – la fermeture n'était pas comme une porte qui claque, mais comme une brise qui s'arrêtait tout simplement de bouger.

Une semaine, les messages ont ralenti.

Le lendemain, les réservations ont disparu.

Et au moment où il voulait envoyer un courriel à Mara – la coordinatrice de la retraite – le site avait disparu. Juste… parti.

« Ils ont dit que le financement s'était tari , » a déclaré Jules à Annabel, les yeux distants. « Pas d'avertissement. Pas d'excuses. Juste *Nous ne sommes pas en mesure de répondre à votre demande pour le moment.* C'était tout. »

Ils étaient assis dans l'arrière-salle de sa galerie, entourés de tabliers tachés de peinture et de toiles inachevées. Annabel n'a rien dit, le laissant travailler seul sur les morceaux.

« Je pensais que c'était juste de la malchance. Une petite entreprise qui perd de l'argent. Mais Em, une amie que j'ai rencontrée à Virelai, ... »

Il s'arrêta.

« Elle ne pensait pas que c'était un accident, n'est-ce pas ? » dit Annabel doucement.

Jules expira.

« Elle est restée silencieuse à ce sujet, mais... oui. Quelque chose a changé en elle. »

« Elle semble vous avoir fait une grosse impression. Parlez-moi d'elle, s'il vous plaît », dit Annabel.

* * *

Jules a dit qu'elle avait été si vivante après Virelai – encore fragile, toujours en reconstruction, mais *pleine d'espoir*.

Elle a parlé de lancer sa propre version. Petite. Perdant. Moins de règles, plus d'âme.

Ils se rencontraient une fois tous les deux mois – de courtes visites, des cafés rapides, de longs messages.

« Je me souviens qu'elle n'arrivait plus avec son carnet de croquis , « a déclaré Jules. « Elle a dit que cela l'avait fait se sentir exposée. Comme si quelqu'un pouvait le voir. »

Annabel se pencha en avant. « A-t-elle mentionné quelqu'un de son passé ? »

«Pas par son nom. Mais elle a dit, une fois... » il s'arrêta, cherchant les mots exacts.

« Elle a dit : 'Il m'a trouvée. Ou peut-être qu'il n'a jamais cessé de m'observer.' »

***

« Qui était-il ? »

« Je ne sais pas. Mais elle a changé après cela. Elle a arrêté de planifier. Elle était agitée. Une fois, je lui ai montré un dépliant pour une coopérative d'artistes... elle l'a juste regardé et a dit : 'Je n'ai pas la chance d'avoir ça.' »

Jules se leva brusquement et se dirigea vers la fenêtre.

« Il y avait un homme, » dit Jules après une pause. « Grand. Portant du gris. Il est venu à la galerie une fois. Il n'a rien acheté et il ne m'a pas parlé. »

« Mais quand Emily est arrivée quelques jours plus tard, elle l'a vu. Elle s'est figée. Elle a dit qu'elle devait partir. »

« Je lui ai demandé si elle le connaissait. Elle a dit : 'Il pense que je suis à lui. Et il n'aime pas quand je dis non.'»

Il passa une main dans ses cheveux.

« Elle a dit qu'il avait de l'argent. Des connexions. Qu'il a toujours obtenu ce qu'il voulait. Que les gens l'écoutaient. Ils ont fait des choses pour lui. »

« Elle avait découvert de quoi il était capable. Et elle avait peur. »

***

La voix d'Annabel était basse. « N'a-t-elle jamais prononcé son nom ? »

« Non, » dit Jules lentement. « Elle a dit qu'elle ne voulait pas le dire. Car le dire le maintenait en vie dans sa tête. Que l'oublier... était la seule chose qui la faisait se sentir libre. »

Chapitre 17

C'était le seul indice qu'ils avaient – *Ella March* – un nom que Jules avait mentionné doucement, comme une confession.

Il l'avait vu une fois, griffonné dans le coin d'une enveloppe qu'Emily avait laissé derrière elle lors d'une visite à la galerie.

« Elle ne l'a jamais dit à haute voix, » leur avait-il dit. *« Mais elle était différente ce jour-là. Nerveuse. Concentrée. Comme si elle se préparait à être quelqu'une d'autre. »*

Annabel n'avait pas demandé plus. Elle n'en avait pas besoin. Si Emily avait utilisé un nouveau nom, elle l'avait fait pour se protéger.

Maintenant, ce nom les avait conduits ici.

***

L'agence de location l'a confirmé : Ella March avait réservé un petit chalet juste à l'extérieur du village. Pour un mois. Elle avait payé comptant à l'avance. Elle n'avait pas fourni de contact d'urgence. Ils n'ont pas fait de vérification d'identité. C'était juste une location tranquille et ils avaient une note au dossier que la locataire était partie soudainement et n'était jamais revenue.

La porte de la location était déverrouillée quand elles sont arrivées.

***

À l'intérieur, l'air semblait immobile, non pas oublié, mais *interrompu*.

Comme si quelqu'un était parti en plein milieu de sa respiration.

Une toile penchée dans un coin, à moitié recouverte d'un tissu. Un pot de pinceaux reposait à côté d'une tasse en porcelaine ébréchée. Sur le mur, un panneau en liège ne contenait qu'un seul morceau épinglé : *un arbre esquissé, ses racines enchevêtrées autour d'une vague en spirale.*

« Elle n'a pas fait ses valises , » murmura Evie. « Elle n'avait pas l'intention de partir. »

Annabel s'approcha de la toile et souleva le tissu.

En dessous, un tableau — inachevé, brut. Une femme au bord d'une falaise, les bras levés vers une mer agitée.

Sur le rebord de la fenêtre se trouvait une petite boîte. À l'intérieur, quelques cartes de notes avec des citations :

« Le moi n'est pas un point fixe. C'est une marée, qui change constamment. »

« La guérison, c'est la résistance. »

« Ce que nous reconstruisons ne pourra plus jamais être repris. »

Annabel ferma doucement le couvercle. « Elle était encore en train de se reconstruire , » a-t-elle dit. « Jusqu'à ce que quelqu'un l'arrête. »

****

Elles rencontrèrent à nouveau la femme à l'écharpe rouge dans une maison de thé tranquille, à la périphérie du village.

« Ella March ? » répéta-t-elle. « Ce n'était pas le nom qu'elle utilisait à Virelai, mais c'est son écriture. »

« Nous devons comprendre ce qui est arrivé à la retraite , « a déclaré Annabel. « Qui a tiré les ficelles. »

La femme hésita, puis soupira.

« Vous devez parler à Arlo Lancaster, le fondateur de Virelai. »

***

Il a fallu trois appels et le nom d'un vieil ami commun pour obtenir un rendez-vous.

Arlo vivait dans un hangar à bateaux reconverti – le genre qui avait l'air d'avoir été beau autrefois.

Quand il a ouvert la porte, il avait l'air d'un homme qui avait *autrefois créé quelque chose de sacré… et l'a regardé disparaître.*

Quand Annabel demanda ce qui était arrivé à Virelai, Arlo ne s'assit même pas.

« Le personnel est parti. Pas parce qu'ils le voulaient, parce qu'ils ont été *débauchés*.

Retards de livraison de nourriture. Commandes mystérieusement annulées.

D'autres retraites ont ouvert avec nos programmes. Notre langage. Nos méthodes.

Moins chères. Plus accrocheuses. »

Il secoua la tête.

« Les gens disent que c'était à cause de l'argent. Non. C'était à cause de la *pression*. Quelqu'un n'aimait pas ce que nous faisions.

Et *ils ont rendu notre existence de plus en plus difficile.*»

* * *

« Saviez-vous qui était derrière tout cela? »

« Non , » a déclaré Arlo. « Mais il y a un moment que je n'oublierai pas. Quelqu'un a demandé la suppression d'un dossier d'invité. Pas de nom. Juste une demande anonyme.

À consonance juridique. Un souci de confidentialité.

J'ai refusé. Une semaine plus tard... *le financement a disparu.* »

Il regarda le croquis qu'Annabel avait posé sur la table.

« Et ça ? » a-t-il dit, d'une voix douce.

« C'était la sienne. C'était elle qu'ils voulaient qu'on efface. »

Chapitre 18

La galerie était silencieuse quand Annabel revint.

Jules était debout devant une toile, un pinceau à la main, les couleurs figées au milieu de ses pensées.

Il ne s'est pas retourné lorsque la cloche a sonné.

Annabel entra, lentement.

« J'ai quelque chose à vous dire , » dit-elle doucement.

Il s'arrêta. Abaissa son pinceau.

« Il s'agit d'Em, n'est-ce pas ? »

Elle hocha la tête une fois.

Une pause.

«Elle a été retrouvée. Dans l'eau, près de Little Firling. »

Le pinceau qu'il tenait dans sa main s'inclina.

« Trouvée , » répéta-t-il. « Mais va-t-elle bien ? »

Annabel l'a regardé, elle l'a vraiment regardé. La lueur d'espoir. Le souffle retenu.

Elle secoua la tête.

« Elle est partie, Jules. Je suis désolée. »

« J'avais peur de vous demander pourquoi vous me parliez d'Em avant. »

***

Il tourna légèrement le visage, comme si la lumière pouvait le briser. Ensuite, il a posé le pinceau avec une précision tranquille.

« Elle essayait de revenir, » dit-il, presque pour lui-même. « Il lui restait tellement de choses. »

« J'ai parlé à Arlo Lancaster, » a déclaré Annabel.

Jules s'arrêta. Puis il hocha la tête. « Et ? »

«Il a confirmé ce que nous pensions. Virelai ne s'est pas effondré. *Il a été saboté.* De l'intérieur vers l'extérieur. »

Pourtant, Jules ne parlait pas. Il a tamponné du bleu dans le coin de la toile

– trop sombre pour le ciel, trop clair pour la mer.

Annabel s'approcha.

« Et ils étaient après elle. »

Jules laissa tomber le pinceau dans un bocal d'eau trouble.

« Elle l'a toujours su, » a-t-il dit doucement. « Elle ne l'a tout simplement pas dit. »

Il s'installa à la table du fond, où se trouvait une petite pile de cartes – des croquis, des coupures de citations, des pages d'un journal qu'elle lui avait autrefois donné à lire.

Il ramassa celui du haut et le tendit à Annabel.

Dans une rédaction soignée :

« *Être connu est la forme de liberté la plus dangereuse.* »

***

« J'ai besoin de son nom complet , » dit doucement Annabel. « Pour savoir ce qu'il lui a pris d'autre. »

Jules resta silencieux pendant un long moment.

Alors:

« Elle me l'a dit le jour de la fermeture de Virelai. Elle a dit qu'elle était fatiguée de se cacher.

Elle l'a dit comme si c'était une confession – et une promesse. »

Il regarda Annabel.

« Emily Joiner. C'était son nom. »

***

Dehors, la lumière commençait à s'adoucir. Des ombres s'étendaient longuement et lentement sur la rue pavée.

À l'intérieur de la galerie, Jules restait immobile.

« Je l'ai appelée Em pendant si longtemps , « a-t-il dit. « Il ne m'est jamais venu à l'esprit que quelqu'un puisse vouloir faire taire *Emily.*»

Annabel s'avança ; sa voix basse.

« Quelqu'un l'a fait. Et maintenant, je vais découvrir qui. »

Chapitre 19

C'était un vieux courriel. Arlo l'avait presque supprimé une douzaine de fois au fil des ans.

Mais maintenant, après sa conversation avec Annabel, il le relisait – lentement, délibérément – cette fois avec une colère qu'il avait enterrée depuis longtemps. La signature ressortait toujours au bas de l'avis légal :

Harlan Voss, au nom de Vesden Private Holdings Ltd.

Il se souvint du malaise. La façon dont le financement a disparu du jour au lendemain. Le sentiment que quelqu'un n'avait pas simplement fait marche arrière, mais *avait délibérément effacé quelque chose d'important.*

Il a donc transmis le courriel à Annabel en une phrase :

« Voici ton fantôme. »

***

Annabel fixa le nom à l'écran. « Harlan Voss. »

Evie fronça les sourcils. « Je n'ai jamais entendu parler de lui. »

« Parce qu'il ne veut pas qu'on entende parler de lui, » murmura Annabel. « C'est le but. »

Elles ont fouillé.

En l'espace d'une heure, elles avaient trouvé la société écran – Vesden Private Holdings – propriétaire discrète de plusieurs propriétés de bien-être, qui avaient toutes fermé discrètement, une par une, dans l'année qui a suivi la fermeture de Virelai.

Chacune d'elles s'était concentrée sur le rétablissement, la transformation et la guérison. Chacune avait été populaire auprès des survivants, des thérapeutes spécialisés en traumatismes ou des conseillers spirituels.

Et chacune avait été réduite au silence.

« C'est comme si quelqu'un avait acheté tous les espaces où les gens se reconstruisaient », a dit Evie. « Et puis, il a verrouillé les portes. »

« Pas quelqu'un, » a dit Annabel. « Harlan Voss. »

***

Le téléphone a sonné.

C'était le coroner.

« Nous avons terminé la toxicologie , » a-t-il déclaré. «Des traces d'une benzodiazépine dans la circulation sanguine de la victime. Pas mortel, mais suffisante pour provoquer une désorientation ou une perte de conscience.

« Pas d'alcool ? »

« Aucun. »

« Et les poumons ? »

« Certainement de l'eau chlorée. L'eau de la piscine. »

Une pause.

« Elle ne s'est pas noyée par accident ,» a déclaré le coroner calmement. « Quelqu'un s'en est assuré. »

***

Ce soir-là, elles se sont arrêtées au pub du Lièvre et du limier – non pas pour chasser des pistes, mais parce qu'elles avaient besoin de thé, et de quelque chose de chaud, et de la compagnie d'un endroit qui ne mentait pas.

Bernard polissait des verres derrière le bar. Henry Griggs, le barman, s'appuyait sur un tabouret près de la fenêtre, regardant le soleil se coucher derrière les collines.

« La chose la plus étrange du mois dernier, » a soudainement dit Henry, pointant sa tasse en l'air. « C'est cette voiture noire. Chose élégante. On aurait dit un vaisseau spatial essayant de se fondre dans la masse des moutons. »

Annabel se retourna.

« Voiture noire ? »

« Maserati, peut-être ? » a proposé Bernard.

« Définitivement de marque étrangère. Garée près de la borne de paiement. Elle est restée longtemps aussi. Elle a dû dépasser la durée autorisée. »

« Personne n'a jamais compris à qui elle appartenait , » a ajouté Henry. « Elle n'appartenait à personne séjournant au Lodge. »

« N'appartenait à personne , » a déclaré Bernard.

Evie regarda Annabel, les sourcils froncés.

Annabel n'a pas répondu immédiatement.

Au lieu de cela, elle regarda la lueur du feu danser dans son thé, puis dit calmement :

« Si cette voiture n'était pas là pour le village... »

Une pause. Lourde. Réelle.

«Alors, nous devons découvrir *pour qui* elle était ici. »

Chapitre 20

Annabel avait toujours cru au silence. Le genre qui portait la vérité – non pas l'absence de son, mais la pause avant que quelqu'un ne dise la chose qui comptait le plus.

Mais ce silence ?

C'était le silence des choses *soigneusement cachées*.

Jusqu'à maintenant.

***

Le lendemain matin, Annabel était à mi-chemin de la rédaction d'une demande soigneusement formulée au conseil quand Evie entra, un sourcil levé et tenant deux tasses de thé.

« Tu essaies d'obtenir des registres de stationnement ? »

Annabel hocha la tête.

« Ils ont infligé une amende à une Maserati noire le jour même de la disparition d'Emily. J'ai besoin de savoir à qui elle était enregistrée. »

Evie posa le thé et sortit son téléphone.

« Tu sais que mon cousin Andy travaille comme administrateur au County Traffic, n'est-ce pas ? Il n'enfreint pas les règles, mais... Disons qu'il apprécie le contexte. »

Dix minutes et un appel téléphonique très poli plus tard, Evie a levé les yeux et a souri. « Vérifie tes courriels. »

Le document était là – simple, officiel et accablant.

Plaque d'immatriculation : HX11 VSS

Délivrée à : *Harlan Voss*

Adresse du siège social : Londres — résidence privée

Annabel expira lentement. « Le voilà. » «Nous avons une voiture. Nous avons un nom. Et maintenant... » Elle tapota l'écran : « Nous l'avons garée *ici le* jour où elle a disparu. »

*****

Le Lièvre et le limier était de nouveau calme cet après-midi-là.

Cette fois, Annabel n'est pas venue prendre le thé. Elle est venue poser des questions.

Bernard était au bar. Ronnie Parkes, le facteur, était penché près de la fenêtre avec des mots croisés et une pinte.

« Vous vous souvenez de cette Maserati ? » a-t-elle demandé.

Bernard hocha la tête. « Difficile à oublier. Lisse. Arrogante. Pas à sa place. »

Ronnie est intervenu, « Je l'ai vu entrer juste après midi ce jour-là. Je faisais des livraisons. Garée d'une façon propre. Les riches se garent toujours comme s'ils étaient surveillés. »

« Avez-vous vu qui le conduisait ? »

Ronnie plissa les yeux. «Homme de grande taille. Costume gris. Cheveux lissés. Il n'a pas dit grand-chose. Il n'est même pas allé au pub. Il a marché vers la mer. »

La voix d'Annabel était ferme.

« Seul ? »

« Il est entré seul , » a déclaré Ronnie. «Je ne peux pas dire comment il est sorti. »

***

De retour à Honeystone Cottage, Annabel s'assit, la citation de stationnement étalée à côté d'un cahier rempli de fragments. Chronologie. Prénoms. Citations à moitié finies.

Elle a tracé une ligne simple entre le nom « *Harlan Voss* » et *la villa que Vesden possédait le long de la côte.*

Elle s'arrêta.

Puis a tracé une autre ligne - *de la villa... à la date de la disparition d'Emily.*

Le triangle était complet.

***

« Il est venu ici pour être invisible , » a-t-elle dit à haute voix.

« Mais il en a laissé juste assez de traces derrière lui. »

Chapitre 21

« J'ai fouillé dans les avoirs de Vesden , » a déclaré Annabel, faisant défiler sa tablette pendant qu'elles marchaient. « La plupart d'entre eux sont enterrés sous des fiducies et des filiales, mais il y a une propriété qui se démarque. »

« Parce qu'elle est grande ? » a demandé Evie.

« Parce que c'est calme. Pas d'annonces publiques, pas de registres d'invités, pas de personnel, à l'exception d'une société de gestion privée. Et c'est ici. »

Elle a montré la carte à l'écran. Le marqueur brillait juste au-dessus de la route côtière.

« À moins de trois minutes de l'endroit où la Maserati était garée. »

« Tu crois que c'est la sienne ? » a demandé Evie.

«Elle n'est pas répertoriée sous son nom , » a déclaré Annabel. «Mais la holding correspond à celle qui s'est retirée de Virelai. Même représentant légal. Même adresse postale. C'est lui. »

La mer était calme quand elles sont arrivées, trop calme.

La villa se trouvait juste à côté de la route côtière, suffisamment en retrait pour être privée, mais pas cachée. Ce n'était ni grandiose ni glamour ; En fait, cela ressemblait à un endroit qu'on avait *payé pour avoir l'air ordinaire.* Aménagement paysager discret, lignes minimalistes, murs blanchis à la chaux. Juste assez de silence pour créer une sensation de sérénité.

« C'est ça ? » a demandé Evie. « Ça ne ressemble pas à une scène de meurtre. »

« C'est le but , » a déclaré Annabel. « Peut-être que cela n'était pas censé arriver. »

***

Elles se tenaient au bord de l'allée privée. Le portail était fermé, mais la villa, propriété de la société de location de Harlan Voss, était actuellement inoccupée. La société de gestion l'avait discrètement inscrit pour des locations à court terme – et il se trouve, qu'Annabel avait appelé à l'avance.

Un homme nommé Peter de la société de gestion les a accueillis à la porte. Presse-papiers. Clés. Sourire d'entreprise.

« Un peu inhabituel , » a-t-il dit alors qu'ils remontaient l'allée. « Mais nous sommes toujours heureux d'accueillir... »

« C'était réservé sous l'égide de Vesden , » dit Annabel avec désinvolture. « Vous vous en occupez depuis un moment ? »

Peter cligna des yeux.

« Euh, pas personnellement. Mais oui. Client haut de gamme. Contrats de confidentialité. Nous n'obtenons pas beaucoup de détails. »

« Nous ne cherchons pas de détails , » a répondu Annabel. « Juste des impressions. »

Il ouvrit la porte et leur fit signe d'entrer.

« Je serai sur le porche si vous avez besoin de quoi que ce soit. »

***

La villa était trop propre.

Pas impeccable, mais trop parfaitement rangée. Le genre de propreté qui est venu *après quelque chose.*

Evie passa un doigt le long du bord de l'îlot de marbre. « Cet endroit a l'impression d'avoir été expiré. »

Annabel se déplaça doucement. À travers la cuisine ouverte, dans la chambre principale. L'air avait une légère fraîcheur métallique. Et en dessous, quelque chose d'autre.

Du chlore.

Elle s'agenouilla à côté des portes coulissantes en verre qui menaient à la piscine privée. Elle appuya ses doigts sur la base de la poignée. Elle s'ouvrit avec un léger rictus.

Dehors, la piscine scintillait. Vide. Bleue comme un alibi.

«Tu penses que c'est arrivé ici ?» a demandé Evie.

« Je pense qu'elle n'a jamais quitté cet endroit vivante. »

***

À l'intérieur, elles vérifièrent les placards de la chambre. L'un d'eux était vide. L'autre tenait un seul cintre – le genre utilisé pour une robe. Plastique, mince, légèrement plié.

Evie ramassa quelque chose dans le coin du meuble-lavabo : une minuscule boucle d'oreille en perle.

« Pensez-vous que c'est la sienne ? »

« Si ce n'est pas le cas, il a laissé plus de fantômes qu'Emily. »

✳✳✳

De retour à l'extérieur, la piscine était calme. Bleue. Sereine.

Elle n'appartenait pas à une scène de crime. Mais Annabel ne faisait pas confiance à la paix qui venait dans le silence.

Elle s'agenouilla par le bord et trempa une petite fiole en verre dans l'eau, la scellant hermétiquement.

Evie se tenait derrière elle. « Tu penses que ça correspondra à ce qu'il y avait dans ses poumons ? »

« Je ne veux pas y penser , » a déclaré Annabel. « Je veux *le prouver* . »

Evie jeta un coup d'œil à la maison. «Tu penses réellement que c'est là qu'elle est morte ? »

Annabel boucha la fiole.

« Je pense que c'est là que quelqu'un s'est assuré qu'elle ne parlerait plus jamais. »

*
**

Evie se tenait au bord de la piscine, regardant la lumière du soleil onduler à la surface.

« Tu penses qu'il avait l'intention de la noyer ici ? »

Annabel secoua la tête.

« Je ne pense pas que c'était le plan. »

Elle serra un peu plus fort la fiole d'eau.

« Je pense qu'il l'a amenée ici pour la reconquérir. Une dernière fois. À ses conditions. »

« Et quand elle n'a pas craqué, il l'a noyée. »

Chapitre 22

Le lendemain matin, le brouillard s'est installé. Le genre qui rampait sur les fenêtres et donnait l'impression que tout était un secret, essayant de se cacher à nouveau.

Annabel se tenait au comptoir de la cuisine, regardant son thé infuser, lorsque son téléphone a sonné.

C'était l'agent de police Tom Oakes.

« Le rapport préliminaire vient d'arriver, » a-t-il déclaré. « De l'échantillon que vous avez remis. »

« Et? »

« Vous aviez raison, » a-t-il dit. « Les niveaux de chlore, les traces de diatomées, c'est pratiquement identique à l'eau que l'on trouve dans ses poumons. »

« Alors ? »

« C'était la scène de crime, Annabel. Sans aucun doute. »

* * *

Elle ferma les yeux pendant une demi-seconde. « Merci. »

« Il y a plus. J'ai signalé le nom – Harlan Voss – aux équipes de surveillance de la circulation. La plaque d'immatriculation de la contravention de stationnement correspond à celle d'un véhicule qui est passé par la caméra de péage de Kingsbridge trois jours avant qu'elle ne soit retrouvée. Le visage n'est pas encore clair... Mais nous l'aurons. »

« Pensez-vous qu'il sait que nous sommes proches ? »

« S'il est intelligent, il sera déjà dans un autre pays. S'il est arrogant... »

« Il va observer , » a-t-elle terminé.

***

À Honeystone Cottage, Evie avait pris en charge la moitié de la salle à manger. Des papiers, des post-it et son chargeur d'ordinateur portable s'emmêlent autour des tasses à café comme du lierre.

« Ce type. Il est doué », murmura-t-elle. «Il a construit toute une structure fantôme et personne n'a jamais pris la peine de vérifier qui était derrière le rideau. »

Annabel la rejoignit.

« Parce qu'il savait où se cacher. En silence. Dans la paperasse. »

Evie a cliqué sur les dépôts immobiliers. « Vesden Holdings possède cinq propriétés. Une à Little Firling. Une dans le Surrey. Une à Florence, frimeur, et... »

Elle s'arrêta.

«Et ça. L'une des entreprises fondatrices sur un vieil acte —n'est pas une entreprise. Elle est sous deux initiales. S.H. »

Annabel fronça les sourcils. « C'est quelque chose. »

« Ça s'améliore , « a déclaré Evie. »Il n'a pas utilisé 'Vesden' sur ce dépôt. Il a fait appel à une société écran : *Harns Advisory Ltd.*»

Annabel cligna des yeux. Le nom évoquait quelque chose.

« Harns ? »

« Au hasard, non ? »

Annabel tira un bloc-notes vers elle et griffonna :

Harlan Voss

Elle regarda fixement les lettres. Elle les a réarrangées avec des tuiles. Fronça les sourcils.

« Il y a quelque chose là-dedans », dit-elle. « Je ne peux tout simplement pas… »

Un léger coup sourd.

Perséphone atterrit légèrement sur la table et s'inséra immédiatement dans le puzzle. D'une patte, elle déplaça deux des tuiles de lettres qu'Annabel avait disposées – les écartant – puis, d'un délicat coup de griffe, en poussa une au centre.

Evie la regarda fixement.

« Est-ce qu'elle vient de… »

Les yeux d'Annabel se fixèrent sur les lettres réarrangées.

H–A–R–N–S

Juste là.

Elle murmura :

« Harns. »

Puis, tranquillement, comme si on déverrouillait une porte :

« Salvo. »

« Salvo Harns. »

Perséphone s'assit, la queue battant une fois comme une dernière frappe.

Annabel la regarda. « Tu l'as toujours su. »

****

Dehors, le brouillard avait commencé à se lever.

Mais à l'intérieur, le nom se trouvait entre elles comme quelque chose *qui respire encore.*

« Si c'est son vrai nom, » murmura Evie, « nous pouvons le trouver. »

« Non , » a dit Annabel.

« Maintenant, nous le trouverons»

Chapitre 23

Tout a commencé par un reçu de don.

Enterrés dans un paquet de documents publics qu'Annabel avait demandé par un canal détourné – petits dossiers de subventions, dons de retraite, bailleurs de fonds pour le bien-être – il y avait un nom familier.

Harns Advisory Ltd.

Répertorié comme donateur *silencieux* à une fondation privée de bien-être aujourd'hui disparue à Surrey.

Evie planait derrière elle, lisant par-dessus son épaule.

« Le bien-être par la structure , » a-t-elle lu à haute voix dans l'énoncé de mission. «Dieu. Cela semble suffisamment clinique pour être sinistre.»

Annabel hocha la tête. «Elle a fermé deux ans avant Virelai. Pas de scandales. Juste... disparue. Tranquillement.»

«Et il était derrière cela?»

«Harns figurait sur la liste des contacts consultatifs,» a déclaré Annabel. «Pas de visage. Juste un nom.»

Mais les noms, maintenant, suffisaient.

***

À partir de là, elles ont retracé d'autres pistes.

Trois sociétés écrans

Deux rôles consultatifs sur des centres de thérapie holistique qui avaient fermé leurs portes

Une retraite en Provence, vendue à des promoteurs après que le fondateur se soit mystérieusement retiré

Chacune d'entre elles avait été décrite de la même manière :

Prometteuse. Sûre. Changement de vie.

Jusqu'au silence.

Jusqu'à ce que l'argent disparaisse.

***

Evie cliqua sur un autre document.

« Il ne se contentait pas de financer des retraites. Il les a fait taire. Tranquillement. L'une après l'autre. »

Annabel tapota la page.

« C'est comme s'il démantelait des endroits qui donnaient de la force aux gens. Supprimer discrètement les espaces sûrs. »

Evie défila à nouveau sur l'écran de l'ordinateur portable.

« Il n'avait pas besoin d'être visible pour être dangereux. »

« Exactement, » dit Annabel. »Et si Emily savait comment il était... Elle aurait pu savoir de quoi il était capable. »

Une pause.

« Peut-être qu'elle l'avait déjà vu faire. »

Evie cliqua pour ouvrir un autre document.

« Et il a utilisé la guérison pour le faire. »

Elle inclina l'ordinateur portable pour qu'Annabel puisse voir.

Une photo en basse résolution d'un homme sans sourire en arrière-plan d'un événement de lancement de retraite, debout derrière une rangée de membres du conseil d'administration souriants.

« C'est lui ? » a demandé Evie.

« Oui. » Annabel n'a pas hésité.

« Il veillait à ce que son nom reste discret. Sa photo encore plus discrète.

Mais il ne pouvait pas disparaître complètement. »

****

Puis vint un murmure d'un endroit auquel elles ne s'attendaient pas.

Simon Deane a appelé.

Annabel et Evie ont rencontré Simon alors qu'elles enquêtaient sur ce qui est arrivé à une jeune actrice il y a 20 ans. Simon avait des contacts dans les cercles financiers et avait pu obtenir les fonds pour une pièce de théâtre à ce moment-là.

« Vous avez dit que le nom était Salvo Harns ? » demanda Simon, d'une voix inhabituellement prudente.

« Oui. Le connaissez-vous ? »

« Seulement par réputation. Le genre d'homme qui finance des choses pour les posséder. J'ai vu son nom une fois – un don discret à un collectif d'édition dont je faisais partie. Trois mois plus tard, ils ont fait faillite. »

Une pause.

« Je pense qu'il apprécie le pouvoir de laisser les gens croire qu'ils sont en sécurité, puis de prouver qu'ils ne l'ont jamais été. »

***

Cette nuit-là, Annabel regarda par la fenêtre tandis que le vent taquinait les buissons de lavande le long du mur du fond du jardin.

Salvo Harns n'était plus un fantôme.

C'était un homme.

Avec des propriétés. Avec de l'argent. Avec un sillage.

Et *elle l'avait. Il n'y avait plus de fantôme.*

Chapitre 24

La pluie était douce cet après-midi-là, à peine plus que de la brume. Honeystone Cottage brillait d'une lumière dorée sous ses lampes, mais à l'intérieur, tout était immobile.

Jules s'assit sur le bord du fauteuil, tordant une tasse de thé entre ses mains.

« Je n'arrête pas de penser à quelque chose qu'elle avait dit. »

Annabel et Evie attendirent.

« C'était juste après l'une des séances de groupe à Virelai. Elle ne parlait pas beaucoup, pas à ce moment-là. Mais nous nous promenions au bord du lac et elle a dit... »

« *Ça disparaît toujours quand je commence enfin à me sentir en sécurité.* »

Evie s'assit en avant. « Que voulait-elle dire ? »

Jules haussa les épaules. « Elle ne s'est pas expliquée. Mais la façon dont elle l'a dit, il ne s'agissait pas de personnes. Il s'agissait de lieux. De retraites. D'espaces. »

Il hésita.

« Elle m'avait dit une fois qu'elle avait été quelque part en France. Pas pour longtemps. Elle avait dit que cela avait aidé, pendant un petit moment. Mais ensuite, le financement s'est retiré et tout s'est arrêté du jour au lendemain. »

Un silence s'installa entre eux. Le bruit de la pluie tapant doucement sur la fenêtre de la cuisine.

Annabel ouvrit son carnet. « N'a-t-elle jamais mentionné qui l'avait financé ? »

«Pas de noms. Juste que ça finissait toujours de la même manière. Comme si quelqu'un ne voulait pas qu'elle aille mieux. »

* * *

Plus tard, au cours d'un dîner tranquille, les pièces se trouvaient entre elles sur la table comme des fragments de puzzle trempés dans le vin et les ombres.

« Il ne l'a pas seulement tuée , » murmura Evie. « Il *a poursuivi sa guérison* et l'a prise aussi. »

Annabel hocha la tête. « Parce que si elle guérissait, elle pourrait s'éloigner de lui. »

« Et il ne pouvait pas laisser cela se produire. »

***

Il était près de minuit lorsque le téléphone d'Annabel a de nouveau sonné.

C'était l'agent de police Tom Oakes.

« Nous pourrions avoir quelque chose , » a-t-il dit d'une voix basse.

« Il y a une propriété enregistrée sous Salvo Harns. Pas dans ses possessions principales, mais un achat personnel. Tranquille. À distance. »

Annabel se leva. « Où ? »

« En Écosse. Un chalet près de la côte. Loué par une autre société écran, mais la piste de paiement nous ramène à lui. Il est là. »

« Depuis combien de temps ? »

« Peut-être trois jours. Peut-être plus longtemps. »

« Vous croyez qu'il sait qu'on se rapproche ? »

« Je pense qu'il attend. »

＊

Annabel se dirigea vers la fenêtre. La pluie avait cessé, mais l'air était toujours lourd. Chargé.

« Il s'est enfui quand elle a dit non , » a-t-elle dit doucement.

«Mais cette fois... C'est nous qui venons le chercher. »

Chapitre 25

Les falaises près de la côte étaient calmes et balayées par le vent, la mer bourdonnant en dessous comme un secret trop longtemps retenu. Une aire de repos étroite juste à côté de la route principale, des arbres broussailleux penchés vers l'intérieur des terres après des années de tempêtes, une poubelle rouillée enchaînée à un poteau.

« Il s'est arrêté ici, » dit Tom, vérifiant le journal sur son presse-papiers. « Pendant douze minutes. Pas de caméras de circulation à proximité. Trop isolé. »

« Trop parfait, » marmonna Annabel.

Evie scrutait déjà la zone, jetant un coup d'œil à la lisière des arbres, puis de nouveau au fossé envahi par la végétation qui courait derrière la poubelle.

C'est Perséphone qui a émis le premier son – un grognement sourd, les oreilles aplaties.

« Elle a quelque chose , » a déclaré Evie.

Ils l'ont trouvé enfoui sous des couches de vieux sacs-poubelle et de sable, enveloppé dans ce qui ressemblait à un vieux sweat à capuche, glissé dans un sac en toile déchiré.

Un faible éclair bleu. Un téléphone.

***

Il a été endommagé par l'eau mais n'a pas été détruit.

La carte SIM avait disparu.

L'écran présentait une seule fissure irrégulière.

Mais l'appareil était entier.

Evie le tenait soigneusement dans ses mains. « C'est ça. »

« Si elle avait activé la synchronisation automatique…, » dit Annabel doucement.

Tom sortit son téléphone et alluma son point d'accès portable.

« Donnons-lui un signal. »

Ils ont attendu.

Puis…

BZZZ

Un scintillement. Un buzz. Une icône de synchronisation.

Et puis ça a commencé :

Un *point d'histoire de* l'emplacement - la villa.

Une *entrée dans le calendrier* : « Réunion H.V. »

Une *photo* – une photo de la piscine, légèrement inclinée, prise de derrière une porte vitrée.

Le pouce d'Evie plana sur l'écran.

« C'est une photo de la piscine. »

Tom fronça les sourcils. « Pourquoi aurait-elle... ? »

Annabel s'approcha.

« Parce qu'elle savait. »

« Pas tout. Pas encore. Mais assez. Juste assez pour avoir peur. »

Elle a pointé du doigt l'angle de l'image.

« Ce n'est pas cadré comme un souvenir. C'est *un message.* »

Une pause.

« Elle nous disait où regarder. »

Et enfin…

Un brouillon de message non envoyé:

« *Si je ne reviens pas, il s'appelle…* »

Il s'est coupé.

Mais c'était suffisant.

***

Annabel fixa l'écran.

« Elle a essayé de nous le dire. »

Evie détourna le regard, clignant rapidement des yeux. « Elle l'a fait. »

*****

Cette nuit-là, de retour à Honeystone, le téléphone était entre elles comme un phare.

Et dehors, le vent a tourné.

Salvo Harns avait effacé des lieux, des voix, même des souvenirs.

Mais ça ?

Il a oublié que *les données se souviennent.*

Chapitre 26

Les nuages au-dessus de l'Écosse roulaient bas et lourds, meurtris par la pluie qui approchait. Le chalet se trouvait au milieu de nulle part, juste la pierre, la mer et le silence.

Annabel sortit de la voiture avec Tom Oakes à côté d'elle. Le voyage a été long depuis Little Firling. Le vent fouettait le gravier, et Perséphone, recroquevillée dans sa caisse de voyage, laissa échapper un léger grognement comme si elle savait ce qui allait arriver.

À l'intérieur de la voiture derrière eux, un autre officier a vérifié son arme.

« Il est toujours à l'intérieur? » demanda Annabel doucement.

Tom hocha la tête. « La surveillance locale dit oui. Il est seul. Aucun signe de mouvement depuis hier soir.

« Il sait que nous arrivons. »

« Il a probablement surveillé chaque pas. »

***

Ils n'ont pas pris d'assaut le chalet. Pas encore.

Au lieu de cela, Tom s'approcha lentement de l'avant, une main levée, son badge accroché à son manteau. Annabel resta en arrière, regardant à travers des

jumelles les rideaux à l'intérieur bouger –
une seule fois.

Une ombre se déplaçait.

Puis plus rien.

« Il temporise, « a déclaré Annabel.
« Il réfléchit. »

« Bien, » dit Tom dans son appareil
de communication. « Laissons-le
paniquer. »

***

L'équipe d'intervention est
intervenue dix minutes plus tard.
Discrètement. D'une façon coordonnée.

Un coup à la porte. Une attente.

Un autre coup.

Puis : CRACK — la porte s'est ouverte vite, trop vite.

Salvo Harns se tenait dans l'embrasure de la porte, parfaitement immobile.

Il était habillé comme un homme sur le point de partir en bateau : chaussures de bateau, pull à torsades, lunettes de soleil glissées dans son col. Parfaitement serein.

« C'est ridicule , » a-t-il déclaré avant que quiconque ne prenne la parole.

«Vous n'avez aucune preuve. Aucun mandat. »

Tom lui tendit le mandat imprimé.
« Nous l'avons. En fait, nous avons les deux. »

« Et j'aurai un avocat dans l'heure. »

« Cela ne changera pas ce que dit le téléphone , » a répondu Annabel.

« Je n'ai pas de téléphone. »

« Pas le tien , » dit-elle calmement. « Celui d'Emily. »

Sa mâchoire claqua. Une seule fois.

« Je ne connais pas d'Emily. »

«Oh que si, » a dit Annabel. « Vous la connaissez. »

***

À l'intérieur, tout était propre. Brillant. Ordonné.

Mais ce n'était pas le genre d'ordre qui naissait de la paix.

Ce n'était pas le genre qui suit la culpabilité.

C'est venu du *pouvoir*.

De la *nécessité de dominer chaque surface*.

Le genre d'ordre qui dit :

« *Il ne s'est rien passé ici. Parce que c'est moi qui le dis.* »

Ils n'ont rien trouvé d'incriminant immédiatement.

Mais Tom s'en fichait.

« Nous n'avons pas besoin de ce qu'il y a ici , » a-t-il dit. « Nous avons ce qu'il y avait là-bas. »

***

De retour dans la voiture, Annabel regarda Salvo à travers la vitre arrière alors qu'il était assis menotté, sans rien dire.

« Il n'a pas l'air nerveux , » murmura Evie.

« Il ne l'est pas », dit Annabel.

« Parce qu'il pense pouvoir s'en sortir en parlant. »

Une pause.

« Mais nous n'avons pas besoin qu'il parle. »

« Nous avons Emily maintenant. »

Chapitre 27

Les gros titres ont explosé avant le petit-déjeuner.

« Financier du silence : Salvo Harns arrêté en lien avec une mort par noyade. »

« Sous la surface : Un magnat du bien-être privé fait l'objet d'une enquête approfondie. »

« Chuchotements dans les retraites : Qui Salvo Harns a-t-il financé ? Et qui a-t-il fait taire ? »

Annabel défila lentement l'écran, son thé devenant froid. Les photos étaient cliniques : sa photo d'identité judiciaire, le chalet, une image satellite de la villa. Mais le commentaire ?

C'était le feu.

« Ils sont en train de le déchirer , » a déclaré Evie, debout par-dessus son épaule.

« Il n'est plus l'histoire , » a répondu Annabel. « Le *réseau* l'est. »

****

Le téléphone n'a pas cessé de sonner pendant deux jours.

Journalistes. Anciens participants des retraites de bien-être. Appels anonymes.

Un *lanceur d'alerte de Vesden Holdings.*

Un *ancien thérapeute de l'un des centres
de bien-être démantelés.*

« Il a utilisé un levier émotionnel , »
peut-on lire dans un courriel. « Des
donateurs charmés. Fondateurs
contrôlés. Puis il avait enterré ceux qui
devenaient trop bruyants. »

Un autre message était plus sombre.
Plus courte.

*«Je pense qu'il l'a fait avant. Pas
seulement à elle. »*

* * *

Tom Oakes est passé tard dans la
soirée avec une mise à jour.

« Les Services des poursuites de la Couronne avancent rapidement. Nous avons la piste numérique. Les données du cloud. Localisation du téléphone. Témoins oculaires. Et maintenant, ceci... »

Il tendit un document à Annabel.

Un dossier scellé de France.

Une fermeture de retraite.

Une jeune femme disparue.

Présumé suicide.

Aucun corps n'a été retrouvé.

Le financement a été retiré trois semaines après sa disparition.

« Et devinez qui a financé cette retraite par l'intermédiaire d'une société écran aujourd'hui dissoute ? »

La main d'Evie vola vers sa bouche.

Annabel n'a pas bronché.

« Il fait ça depuis plus longtemps que nous ne le pensions. »

***

Dehors, une tempête a commencé. Pas seulement dans le ciel, mais dans le monde que Salvo Harns possédait.

Il avait gouverné par le silence.

Maintenant, *son silence était un cri.*

Et les gens écoutaient *enfin.*

Chapitre 28

La salle d'audience était froide.

Pas de l'air – la température était bonne – mais des murs, du silence, de la pure retenue de tout cela. Ordre, formalité. Un théâtre de faits.

Salvo Harns était assis comme une statue à la table de la défense, flanqué de deux avocats et vêtu d'un costume qui a probablement coûté plus cher que ce que la plupart des gens ont gagné en un mois. Son expression n'a jamais vacillé.

Impassible.

Contrôlé.

Calme.

Annabel était assise dans la galerie, un cahier sur ses genoux, Perséphone tranquillement recroquevillée à ses pieds comme le jugement des dieux antiques.

Elle n'avait pas prévu d'être ici. Mais lorsque le procureur de la Couronne a énuméré les preuves – lorsqu'il a montré *la photo de piscine qu'Emily avait prise,* lorsqu'il a lu à haute voix le *message non envoyé sur son téléphone,* lorsqu'il a confirmé les *journaux GPS et la récupération du téléphone abandonné...*

Elle savait qu'elle devait aller jusqu'au bout.

***

Evie se pencha. « Penses-tu qu'il va parler ? »

« Seulement s'il pense qu'il peut gagner. »

***

Le procès s'est déroulé avec précision. Les témoignages ont été cliniques.

Jules parlait doucement, mais avec des yeux fixes.

« Elle voulait reconstruire quelque chose. Après ce qu'il lui a pris. »

Tom Oakes a présenté la chronologie. La médecine légale. L'empreinte numérique qui a attaché Emily à son tueur comme un fil rouge qu'aucun avocat ne pouvait couper.

Et puis, les journaux audios.

La voix d'Emily, faible mais claire, lisant une entrée de journal enregistrée sur son compte cloud des semaines avant sa mort.

« J'ai commencé à me sentir à nouveau moi-même. Comme si je n'appartenais à personne. »

La salle d'audience n'a pas fait de bruit.

Salvo n'a pas cligné des yeux.

***

Le verdict n'est pas tombé ce jour-là. Bien sûr que non.

Mais ce n'était pas nécessaire.

Parce qu'à l'extérieur du tribunal, dans la mer de journalistes et de passants, *les gens savaient déjà.*

Emily n'était plus seulement un nom.

Elle était *une tempête.*

Un signal qui a survécu.

Une vie qui refusait de disparaître tranquillement.

Et Salvo ?

Il n'avait plus l'air d'un homme en contrôle.

Il avait l'air d'un homme *qui attendait l'écho d'un nom qu'il avait enterré pour finalement le détruire.*

Épilogue

Honeystone Cottage sentait faiblement le romarin et la pluie.

Le jardin, encore humide de la douche matinale, brillait sous un doux soleil, les roses lourdes de gouttelettes et les dahlias enfin en pleine floraison. Le village était calme – le genre de calme qui semblait mérité, pas mal à l'aise.

À l'intérieur, Perséphone était allongée sur le rebord de la fenêtre de la cuisine, une patte tremblante dans son sommeil. Annabel s'appuya contre le comptoir, une tasse de thé fumante à la main, tandis qu'Evie feuilletait le journal de la table.

« Première page , » murmura-t-elle. « Il est partout. »

« Et nulle part maintenant , » a répondu Annabel.

Elles restèrent assises dans un silence tranquille pendant un moment, le genre qui n'avait pas besoin de remplir l'espace. Plus maintenant.

« Je n'arrête pas de penser à Emily, » a déclaré Evie.

« Moi aussi. »

Une pause.

« Penses-tu qu'elle savait ? » a demandé Evie. « Que quelqu'un trouverait son histoire. Et la terminerait. »

Annabel regarda par la fenêtre, vers le jardin. Le vent frôlait la lavande et, quelque part dans la haie, un roitelet gazouillait une fois avant de se taire à nouveau.

« Peut-être pas , » a-t-elle dit. «Mais je pense... Elle a laissé assez d'elle-même derrière elle pour s'assurer que nous le pouvions. »

***

Plus tard, alors que le soleil commençait à descendre dans le ciel, Perséphone s'agita et s'approcha des genoux d'Annabel, se pelotonnant sans cérémonie.

Evie leva les yeux de son cahier, les sourcils levés.

« Tu vas te reposer maintenant, n'est-ce pas ? »

Annabel sourit faiblement, caressant les oreilles de Perséphone.

« Finalement. »

Evie sourit. «Tu dis cela à chaque fois. »

Annabel ne répondit pas. Elle a juste baissé les yeux vers l'enveloppe sur ses genoux – du papier épais, adressée à la main, pas d'expéditeur de retour.

Elle ne l'avait pas encore ouvert.

Mais les mots sur le devant étaient familiers.

« À celle qui remarque tout. »

À propos de l'auteur

Belinda écrit des mystères stratifiés où la mémoire persiste, les paysages se souviennent et le silence parle plus fort que les mots. Ses histoires glissent entre le littéraire et l'intime, à la fois suspense atmosphérique et règlement de comptes silencieux. Enraciné dans un amour pour les îles, l'histoire et les vérités cachées, son travail invite les lecteurs à s'attarder dans l'entre-deux.

Elle croit que certaines terres portent en elles l'écho de tout ce dont elles ont été témoins – chagrin, joie, trahison – et que la nostalgie d'un lieu est un type d'histoire à part entière.

Elle écrit également des histoires sincères pour enfants qui murmurent du courage dans des cœurs tranquilles. Avec des coccinelles magiques, des chênes qui sauvent des histoires et des petites filles courageuses comme Maia, Belinda espère aider les jeunes lecteurs à trouver leur propre voix et à l'utiliser avec audace.

Lorsqu'elle n'écrit pas, Belinda s'occupe de son jardin, guidée par le bruissement des feuilles, l'odeur de la terre et la compagnie tranquille de deux chats qui semblent toujours en savoir plus qu'ils ne le disent.